An tIndiach nach raibh ábalta rith

Leigh Sauerwein a scríobh an scéal
Urs Landis a mhaisigh
Róisín Ní Mhianáin a d'aistrigh ón bhFraincis

Futa Fata

C902849187

nach raibh ábalta
rith

Rugadh an scríbhneoir **Leigh Sauerwein** in North Carolina i Stáit Aontaithe Mheiriceá ach tá sí ina cónaí sa Fhrainc le fada. Tá sí pósta agus triúr clainne uirthi. Tá go leor leabhar agus úrscéalta grafacha scríofa aici do pháistí. Tá spéis ar leith aici i stair na nIndiach i Meiriceá Thuaidh.

Rugadh an t-ealaíontóir **Urs Landis** san Eilbhéis. D'fhreastail sé ar choláiste ealaíon Zurich, agus bhog sé chun na Fraince ina dhiaidh sin. Cuireann sé obair ealaíne ar fáil do na meáin, d'fhoilsitheoirí agus do lucht fógraíochta. Bhí sé ina léachtóir i Scoil Ealaíon Grafach Phárais ar feadh na mblianta.

Foilsithe den chéad uair i 2003, ag Bayard Éditions Jeunesse
An Fhrainc, faoin teideal *L'Indien qui ne savait pas courir*
Bunleagan Fraincise © 2003, Bayard Éditions Jeunesse
An leagan Gaeilge © 2011, Futa Fata

Foras na Gaeilge

Ireland Literature Exchange
Idirmhalartán Litríocht Éireann

Tá an foilsitheoir buíoch **d'Idirmhalartán Litríochta Éireann** (ciste na n-aistriúchán), Baile Átha Cliath, faoin gcúnamh airgid chun an leabhar seo a fhoilsiú.
www.irelandliterature.com
info@irelandliterature.com

ISBN 978-1-906907-42-6

Fadó, ar **mhachaire** mór Mheiriceá, bhí cónaí ar dhaoine a raibh dath dearg ar a gcraiceann.

Bhíodh siad ag dul ó áit go háit sa tóir ar **thréada bíosún**.

Dhéanadh siad éadach as craiceann an bhíosúin agus d'itheadh siad a chuid feola.

Bhí siad ábalta a gcuid tithe, na típíonna, a bhaint anuas taobh istigh de chúpla nóiméad. Bhíodh siad crochta acu i bhfoirm ciorcal mór. Bhíodh aghaidh gach típí ar an **aird thoir**, an aird ina n-éiríonn an ghrian.

I dtreibh Dakota, nó treibh na Sioux mar is fearr aithne orthu, a bhí cónaí ar Húcalla. Ní raibh Húcalla cosúil leis na buachaillí óga eile.

Tá míniú ar fáil i gcúl an leabhair ar gach focal a bhfuil **cló trom** air.

1
Mac Thablóka

Húcalla Bacach an t-ainm a thug na hIndiaigh eile air. Thug siad Húcalla Bacach air, de bhrí go raibh a chos cam nuair a rugadh é. Sin an rud a bhí i ndán dó. Ní raibh neart ag duine ar bith air sin.

Nuair a bhíodh na buachaillí óga eile ag rith ar fud an mhachaire, bhíodh Húcalla fágtha leis féin ag dul thart faoin típí. Bhí sé mar a bheadh leanbh beag ann faoi sciortaí a mháthar. Agus nuair a bhíodh na buachaillí

eile amuigh lena mbogha is saighead, bhíodh Húcalla ag tabhairt aire don leanbh agus don phota anraith. Ní raibh sé chomh láidir leis na buachaillí eile, an dtuigeann tú. Ní raibh ann ach an craiceann agus na cnámha. Bhíodh a chorp ag luascadh go ciotach ó thaobh go taobh nuair a bhíodh sé ag siúl. Agus bhí a ghlór lag.

Nuair a bhíodh Húcalla ag siúl thart sa champa bhíodh na cailíní ag magadh faoi. Nochtadh **Sliogán-an-Turtair** a cuid fiacla beaga bána agus chroitheadh sí a cuid **trilseán** a bhí chomh dubh le sciathán préacháin. Dhéanadh a cairde, Bóthar Buí agus Grian, aithris uirthi. Ansin bhíodh cogar mogar eatarthu agus phléascadh siad amach ag gáire.

Bhíodh Húcalla ag dul i bhfolach ó na cailíní. Bhí a fhios aige nach raibh dochar ar bith i ngáire Shliogán-an-Turtair. Ach d'imigh sé leis faoi dheifir am ar bith a bhfaca sé í, mar sin féin. 'Ní fhéadfadh mórán measa a bheith ag Sliogán-álainn-an-Turtair ar Húcalla Bacach,' a deireadh sé leis féin.

Oíche amháin, istigh sa típí, rinne a athair, Tablóka, **croí isteach** leis.

'Níl do shaol millte, a mhic,' a dúirt sé. 'Éireoidh do chroí chomh crua le cloch má bhíonn tú ag smaoineamh ar do chois i gcónaí. Tá an domhan seo fada **fairsing**, a Húcalla. Oscail do shúile. Cuir eolas ar an saol mór, agus ansin aimseoidh tú do bhealach féin.'

Ach níor thuig Húcalla a chuid cainte. Níor thuig sé ach an t-aon rud amháin. Ba eisean mac Thablóka, duine de laochra móra na treibhe. Agus ina chroí istigh, níor chreid sé go raibh Tablóka ag insint na fírinne.

Bhí sé cinnte go raibh náire ar Thablóka faoi, go raibh náire air faoin mac seo nach raibh ábalta rud ar bith a dhéanamh. Mac a bhí chomh bacach le héan a mbeadh a sciathán briste.

Níor thug Húcalla freagra ar a athair. Bhrúigh sé amach as a bhealach é. Chuaigh sé isteach faoi na **seithí** ainmhithe, agus tharraing sé aníos thar a chloigeann iad. Ní raibh sé i bhfad gur thit néal codlata ar Húcalla, agus é ina dhomhan beag dúdorcha féin.

2
Briseadh croí

'A Húcalla, faigh uisce as an abhainn dom,' a dúirt a mháthair leis lá amháin le héirí na gréine.

Rinne Húcalla amhlaidh. Nuair a bhíonn tú ocht mbliana d'aois, déanann tú an rud a deir do mháthair leat a dhéanamh. Ní bhíonn tú **mímhúinte** léi. Ach nuair a bhí Húcalla cinnte go raibh sé fada go leor uaithi le nach gcloisfeadh sí é, thosaigh sé ag clamhsán.

'Bheadh cailín ábalta an obair seo a

dhéanamh!' a dúirt sé.

Mhothaigh sé go raibh an domhan ag éirí níos lú, lá i ndiaidh lae. Ní raibh ina shaol ach an típí, aire a thabhairt don leanbh, súil a choinneáil ar an bpota anraith, agus cosán na habhann.

'Ba bhreá liom imeacht as radharc!' a dúirt Húcalla leis féin agus é ag tumadh mála de **chraiceann bíosúin** san abhainn agus á líonadh le huisce. 'Nár dheas mura mbeadh ionam ach **scáil** bheag bhídeach! Scáil seangáin! Ansin ní bheadh an **Mór-Spiorad** féin ábalta mé a fheiceáil.'

'Seo leat,' arsa Tablóka le Húcalla lá amháin.

Shiúil sé go mall le go mbeadh a mhac ábalta siúl ina dhiaidh. D'imigh siad amach ar imeall an champa.

'Féach ar an spéir, a mhic,' a dúirt Tablóka agus a lámh mhór sínte amach aige. 'Nach bhfuil an spéir mar a bheadh athair ann? Féach ar an talamh. Nach bhfuil an talamh mar a bheadh máthair ann? Is iad na **neacha beo** ar fad a gclann; gach ní a bhfuil cosa, lapaí, sciatháin nó fréamhacha orthu.'

D'ardaigh Tablóka a mhac chuige. Labhair sé i gcogar ina chluais.

'*Mitakuyé oyasin*,' a dúirt sé arís agus arís eile. 'Tá gaol agamsa le gach neach beo eile.'

D'fhoghlaim Húcalla na focail sin, ach níor thuig sé iad, de bhrí go raibh a chroí ag éirí chomh crua le cloch.

3
Ar an machaire

De réir a chéile, thosaigh Húcalla ag **éalú** leis ar feadh cúpla uair an chloig.

D'imíodh sé leis i bhfad ón gcampa, ainneoin na coise a bhí tinn. Bhíodh sé ag cuardach áiteanna le dul i bhfolach dó féin. Áit nach gcloisfeadh sé na buachaillí ag caitheamh sleánna adhmaid lena chéile agus iad ag ligean orthu féin gur **sealgairí** agus gur laochra cogaidh iad.

'Tá Húcalla **ar seachrán** arís,' a deireadh a

mháthair. Bhíodh sí **ar mire**.

B'fhearr léi go bhfanfadh Húcalla sa champa le haire a thabhairt don leanbh agus le súil a choinneáil ar an bpota anraith. Ach thugadh Tablóka freagra uirthi de ghlór domhain.

'Lig dó! Tá sé ag cur eolais ar an saol mór.'

D'imigh Húcalla amach i lár an mhachaire mhóir lá amháin. Luigh sé ar a bholg san fhéar fada. Ar dtús d'éist sé le ceol na gaoithe. Ansin chuir sé cluas ghéar air féin. Chuala sé nithe nach féidir a chloisteáil ach ar éigean. Sciatháin na n-éan ag bualadh an aeir, **dordán na bhfeithidí**.

Bhí Húcalla cinnte, fiú, gur chuala sé slua seangán ag dul thairis ag iompar ribí féir.

Bhíodh sé ina luí chomh socair sin ar an machaire go dtagadh na héin aníos chuige ag piocadh san fhéar.

'Is sibhse na cairde atá agamsa,' a deireadh sé leis féin. 'Tá sibhse mór liom.'

Geimhreadh agus samhradh, lean Húcalla de na siúlóidí fada. I ngan fhios dó féin, bhí a chorp ag éirí breá láidir. In amanna chuireadh sé feoil thirim ina mhála beag agus ní fhilleadh sé ar an gcampa go ceann dhá nó trí lá. Chodlaíodh sé **faoi thor** nó dhéanadh sé poll sa talamh le go mbeadh **foscadh** aige.

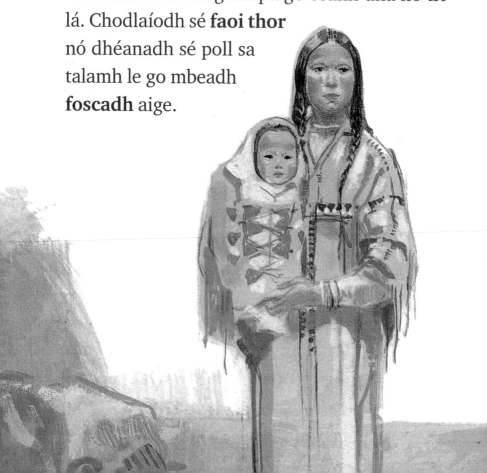

Ach bhíodh máthair Húcalla ar buile.

'Ná lig don pháiste sin imeacht, tá sé lag go fóill!' a deireadh sí le Tablóka. 'Dá **ngabhfadh** na naimhde é? Nó dá gcasfaí ainmhí mór air?'

Ach thugadh Tablóka an freagra céanna uirthi, agus **splanc** ina shúile.

'Ciúnas, a bhean!' a deireadh sé. 'Tá ár mac óg ag cur eolais ar an saol mór!'

4
Na Laochra Cogaidh

Lá amháin, d'imigh Húcalla i bhfad ó bhaile, áit nach bhfeicfeadh aon duine an siúl bacach a bhí faoi ná an luascadh a bhí ina chorp ó thaobh go taobh. D'fhan sé san fhoraois ar feadh cúpla uair an chloig ag faire ar na madraí rua. Gach uair a bhfaca sé iad ag rith mar a bheadh splanc dhearg ann idir na crainn, léim a chroí le háthas.

Chuaigh sé i bhfolach ansin ar bhruach na habhann ag faire ar an **mbéabhar**, 'an-té-a-bhíonn-ag-snámh-agus-bata-ina-bhéal.'

Chonaic sé go raibh obair ar leith le déanamh ag gach béabhar.

Bhí a fhios acu ar fad cén obair a bhí le déanamh. Ní raibh béabhar ar bith ann a bhí gan úsáid.

'Díreach cosúil leis an gcampa,' arsa Húcalla leis féin. 'Tá sealgairí ann, agus **seanmhná feasa**. Tá **lucht déanta arm** ann, agus laochra cogaidh. Tá an **saoi** ann, an

duine a bhfuil gach rud ar eolas aige agus a bhfuil leigheas aige. Tá obair ar leith ag gach duine. Níl duine ar bith ann atá gan úsáid.'

Labhair Húcalla leis na béabhair go brónach.

'Is sibhse páistí na spéire agus na talún. Ach cé mise...? *Tuwé mihé hé*... Cé mé féin?'

Nuair nár fhreagair na béabhair é, tháinig Húcalla amach as a áit folaidh.

Ar ais leis chuig an machaire. Shín sé siar san fhéar fada. Bhí a aghaidh ar an spéir. Shín sé a dhá láimh amach. De réir a chéile, thosaigh na hainmhithe ag tarraingt air. D'oscail Húcalla a dhá dhorn a bhí lán síolta. Tháinig na héin agus na luchóga anall chuige le greim bia a fháil.

Ansin thosaigh na féileacáin, 'na-sciatháin-ar-crith', ag **tuirlingt** ar a láimh. Scar siad a gcuid sciathán, d'fhill siad iad agus scar siad arís iad. Ansin d'eitil siad timpeall air mar a dhéanadh siad leis na bláthanna.

Bhí Húcalla sona sásta.

Ach lá amháin, thosaigh cogadh leis na naimhde. D'imigh Tablóka leis na fir eile.

Thit ciúnas ar an gcampa.

Faoi dheireadh, tráthnóna amháin le luí na gréine, tháinig na laochra cogaidh ar ais.

Chuaigh siad ag marcaíocht ar cosa in airde trí na típíonna agus gach béic astu.

Bhí Húcalla i bhfolach sa dorchadas. Chonaic sé go raibh siad ag cur fola. Chonaic sé an phéint chogaidh – buí, dearg agus dubh – ar a n-éadan, ar a mbrollach agus ar a lámha.

Le titim na
hoíche, rinne
na laochra damhsa
cogaidh faoi sholas na
tine. Rinne siad damhsa
an bhua. Rinne siad damhsa
na crógachta. Bhí cloigeann agus corp beag
Húcalla líonta le rithim na ndrumaí. Húcalla
Bacach, an té nach ndéanfadh damhsa go deo.

Lig Húcalla scread as agus tharraing sé siar ó

sholas na tine. Rith sé amach sa dorchadas.

Rith sé agus rith sé go bacach go dtí go raibh sé lag leis an bpian. Ansin chaith sé é féin síos **i gclábar** na habhann. Thosaigh sé ag caoineadh os ard.

'Ní bheidh mise i mo laoch cogaidh go deo! Ní bheidh mise ábalta damhsa leis na fir eile faoi sholas na tine go deo! Is mise Húcalla Bacach. Is cuma le daoine fúm. Tá mé gan úsáid.'

5
An Brionglóid

Go tobann, chuala Húcalla glór cailín.

'A Húcalla! Céard atá ar siúl agat? Tá an damhsa cogaidh ar siúl!'

Sliogán-an-Turtair a bhí ann. Ná habair go bhfaca sí é ag caoineadh! Léim Húcalla ina sheasamh, gan smaoineamh ar a chois. Bhrúigh sé an cailín isteach sa chlábar go garbh agus bhéic sé.

'An bhfuil tusa ag spiaireacht orm, a dhamhán alla? Imigh leat! Lig dom!'

Agus thug Húcalla a chúl leis an gcampa.

Shiúil sé leis go bacach amach i ndorchadas na hoíche, gan féachaint siar ar chor ar bith. Bhí Sliogán-an-Turtair ag glaoch air ach ní raibh sé ag éisteacht.

'A Húcalla, níl mé ag iarraidh thú a ghortú!'

Bhí na deora le súile an bhuachalla óig arís. Tar éis tamaill, ní raibh sé ábalta drumaí an damhsa a chloisteáil níos mó. Ní raibh le cloisteáil ach **monabhar** na habhann agus i bhfad uaidh, anois is arís, ainmhí fiáin ag **geonaíl** nó éan oíche ag feadaíl.

Bhí boladh an mhachaire san aer. Shiúil Húcalla ina threo. Mhothaigh sé go raibh an machaire ag déanamh croí isteach leis. Shiúil sé i bhfad níos faide ná mar a shiúladh sé de ghnáth. Bhí na réalta go hard sa spéir. Shiúil sé agus shiúil sé go dtí nach raibh sé ábalta cos a chur roimh an gcois eile.

Thit sé siar san fhéar fada. Rinne sé liathróid de féin, ar nós madra, lena chorp a choinneáil te. Ba ghearr gur thit sé ina chodladh.

Bhí brionglóid aige. Sa bhrionglóid, chonaic sé cnoc a bhí an-ard. Bhí fear le feiceáil ar bharr an chnoic. Thosaigh Húcalla ag dreapadh.

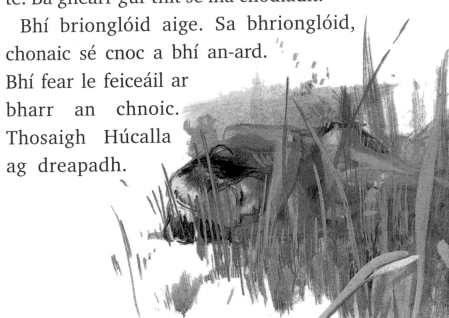

Bhí sé chomh haclaí le fia. Ní raibh sé bacach níos mó. As go brách leis, ag léim ó charraig go carraig go haerach.

Nuair a bhí sé ag tarraingt ar bharr an chnoic, chonaic sé go raibh a dhroim ag an bhfear leis. Shíl sé gurbh é a athair a bhí ann. Ghlaoigh sé air.

'A Thablóka!'

Thiontaigh an fear thart. Ach níorbh é a athair a bhí ann. Ní raibh péint ar a éadan. Ní raibh airm ina láimh. Scrúdaigh Húcalla éadan an fhir. Bhí a shúile chomh **suaimhneach** le spéir an tsamhraidh. Shíl sé go raibh aithne aige air cé nach bhfaca sé

riamh cheana é. Scrúdaigh Húcalla corp an
fhir. Bhí a chos cam.

Ansin shín sé a lámh amach chuig an bhfear
a raibh suaimhneas ina shúile. Labhair an fear.

'Tá mé anseo,' a dúirt sé.

Bhí an ghrian ag éirí nuair a dhúisigh Húcalla ar an machaire. Díreach lena thaobh, bhí éan ag piocadh san fhéar. Níor chuir Húcalla cor as go ceann tamaill. Bhí cleachtadh aige ar na hainmhithe anois. Bhí a bhealach féin aige leo. D'ardaigh sé é féin ar a uillinn go mall, sa chaoi nach gcuirfeadh sé as d'aon ainmhí beag.

Ansin chonaic sé an capall. Capall fiáin, *sunka-tanka*. 'Deartháir na gceithre chos', mar a deireadh na seandaoine. Capall donn agus bán a bhí ann. D'éirigh Húcalla ina sheasamh go mall.

'Mura bhfuil eagla ar na héin agus ar na luchóga romham, cén fáth a mbeadh eagla ortsa romham, a *sunka tanka*?' ar seisean leis féin.

6
Ar ais chuig an gcampa

Rinne an capall **seitreach** agus thóg sé cúpla céim siar. Bhí a dhá shúil ag lonrú go hamhrasach.

Shín Húcalla a lámh amach agus tharraing sé beagán féir. Rinne sé aithris lena bhéal agus lena shrón ar análú ciúin an chapaill. Níor thaispeáin duine ar bith an cleas sin dó, ach bhí sé ábalta é a dhéanamh. Mhothaigh sé go raibh an bua sin aige i gcónaí.

Ansin luigh Húcalla síos ar an machaire arís.

Shín sé an féar chuig an gcapall. D'fhan sé ina luí mar sin le go dtuigfeadh an capall nach raibh sé ag iarraidh é a ghortú. Bhí an ghrian go hard sa spéir, ach ní raibh deifir ar bith ar Húcalla. Luigh sé ansin agus a shúile dúnta aige.

De réir a chéile, tháinig scáth os cionn a choirp. Ní raibh misneach ag Húcalla a shúile a oscailt. Mhothaigh sé srón mhór bhog ag cuimilt a láimhe. Ansin mhothaigh sé fiacla móra ag breith ar an bhféar.

'Tá sé ag ithe as mo láimh,' arsa Húcalla leis féin. 'Tá an capall fiáin ag ithe as mo láimh!'

D'oscail sé a shúile ansin agus

d'fhéach sé thart. Chonaic sé go raibh an capall go suaimhneach ag cogaint an fhéir a bhí tógtha aige as a láimh. Capall breá mór a bhí ann. Ach ní raibh eagla ar Húcalla. D'éirigh sé ina sheasamh go cúramach.

Níor mhaith leis bogadh tobann ar bith a dhéanamh ná go mbainfí **tuisle** as.

Thóg an capall cúpla céim siar, ach ansin tháinig sé ar ais. D'ísligh sé a cheann agus thóg sé tuilleadh féir as láimh Húcalla.

'Maith mo chapall,' a dúirt Húcalla leis. 'Húcalla Bacach atá ag caint leat agus ag tabhairt féir duit. Níl eagla ort roimh Húcalla, an bhfuil?'

Chuir sé a lámh ar
mhuinéal an chapaill.
Mhothaigh sé **buillí
na beatha** ag bualadh
faoina láimh. Bhí buillí croí an chapaill níos
láidre ná buillí na ndrumaí. Ansin thosaigh
croí Húcalla agus croí an chapaill ag bualadh
le chéile, mar a bheadh aon chroí amháin ann.

Thuig Húcalla ansin go bhféadfadh sé a dhá láimh a chur thart ar mhuinéal an chapaill agus a shrón féin a chur le srón an chapaill.

'Is mise Húcalla Bacach,' a dúirt sé leis. 'Is tusa mo dheartháir, an capall. Tóg leat mé ar do dhroim mé. Rachaimid amach ar an machaire le chéile.'

Fuair Húcalla greim ar **mhoing** an chapaill agus d'ardaigh sé é féin suas ar a dhroim. **Bhíog** an capall agus thóg sé cúpla céim. Bhíog sé arís agus chuir sé cluas le héisteacht air féin. Bhí Húcalla ag caint leis go suaimhneach i rith an ama. Ach ní glór páiste a bhí aige níos mó,

ach glór a bhí ag teacht óna chroí istigh, mar a bheadh amhrán ann. **Fíorghlór** Húcalla. Húcalla, an té a raibh bua aige nach raibh ag duine ar bith eile. Húcalla, an té a bhí ábalta capaill fhiáine a **cheansú**.

Go tobann, chonaic sé fear na brionglóide arís. An fear a raibh a suaimhneas ina shúile. An fear a bhí gan airm, gan péint chogaidh. Agus thuig sé gurbh é féin an fear a bhí sa bhrionglóid.

Chuaigh Húcalla ar ais chuig an gcampa ar mhuin an chapaill. Bhí Tablóka ag fanacht leis. Agus níorbh é Tablóka an t-aon duine a bhí ann.

'Hí-éé! Hé-íí! An bhfeiceann sibh mo mhac?' a bhéic sé. 'Anocht, beimid ag damhsa! Anocht, baistfidh mé d'ainm nua ort: Húcalla-a-tháinig-ar-ais-ag-marcaíocht-ar-chapall.'

Foclóirín

lch 5

machaire	píosa nó achar mór talún gan aon sliabh ná cnoc ard ann
tréada	go leor ainmhithe le chéile
bíosún	ainmhí atá cosúil le buabhall - cineál bó nó beithíoch fhiáin
treibh	dream daoine

lch 9

Sliogán-an-Turtair	ainm cailín, an bhlaosc chrua a bhíonn ar thurtar
trilseán	gruaig fhada atá fite ina chéile

lch 10

croí isteach	barróg, fáscadh, gráin
fairsing	an-mhór

lch 11

seithí	craicne

lch 13

mímhúinte	drochbhéasach

lch 14

chraiceann bíosúin	déanta as craiceann bíosúin
Mór-Spiorad	dia na treibhe
neach beo	rud beo

lch 17

éalú	imeacht ina aonar
sealgairí	na fir a bhíodh ag seilg, nó ag fiach
ar seachrán	caillte, ar strae, imithe amú
ar mire	ar buile, míshásta

lch 18

dordán na bhfeithidí	an crónán nó an glór ceolmhar a bhí ar siúl ag na feithidí

lch 20

faoi thor	faoi thom, faoi chrann beag
foscadh	fothain, dídean

lch 21

Dá ngabhfadh	greim a fháil air
splanc	lasair, solas geal nach mareann i bhfad

lch 23

béabhar	ainmhí cosúil le madra uisce a bhfuil eireaball leathan air

lch 24

seanmhná feasa	seanmhná a mbíonn a fhios acu cad a tharlóidh amach anseo
lucht déanta arm	daoine a dhéanann uirlisí cogaidh
saoi	duine a bhfuil gach ní ar eolas aige

lch 26

tuirlingt	suí

lch 29

i gclábar	sa phuiteach, sa lathach

lch 32

monabhar	ceol, crónán

lch 33

geonaíl	sceamhaíl, caoineadh

lch 34

thiontaigh	chas timpeall
suaimhneach	ciúin

lch 39

seitreach	an torann a dhéanann capall

lch 41

tuisle	titim ar an talamh

lch 42

buillí na beatha	cuislí an chapaill

lch 43

moing	na ribí fada gruaige ar cheann an chapaill
bhíog	léim neirbhíseach

lch 44

fíorghlór	an glór ceart
cheansú	mealladh, suaimhniú, ciúnú

Bain triail as na teidil eile seo ó Futa Fata:

**Do léitheoirí
7 mbliana d'aois
agus os a chionn.**

**Do léitheoirí
10 mbliana d'aois
agus os a chionn.**

www.futafata.ie